Analyse de l'œuvre

Par Catherine Jacquemin

Le lambeau

Philippe Lançon

lePetitLittéraire.fr

Analyse de l'œuvre

Par Catherine Jacquemin

Le lambeau

Philippe Lançon

lePetitLittéraire.fr

Rendez-vous sur lepetitlitteraire.fr et découvrez :

Plus de 1200 analyses
Claires et synthétiques
Téléchargeables en 30 secondes
À imprimer chez soi

LE LAMBEAU

LE RÉCIT D'UNE RECONSTRUCTION APRÈS LES ATTENTATS

- **Genre :** récit autobiographique
- **Édition de référence :** *Le Lambeau*, Paris, Gallimard, coll. « Folio », 2021, 512 p.
- **1re édition :** 2018
- **Thématiques :** L'attentat, la reconstruction d'un homme (psychologiquement et physiquement), l'univers hospitalier : un monde à part, l'importance de la fiction et de l'écriture, l'autobiographie, le témoignage.

Le Lambeau est un récit autobiographique écrit par Philippe Lançon en 2018. Dans cet ouvrage, l'auteur témoigne sur l'attentat contre *Charlie Hebdo*.

Charlie Hebdo est un journal français fondé en 1970 par François Cavanna, un écrivain, journaliste et dessinateur, décédé en 2014, et le professeur Choron, dit aussi Georges Bernier, mort en 2005, qui était un écrivain, humoriste et un journaliste satirique. Ce journal hebdomadaire est satirique, c'est-à-dire qu'il est rempli de textes et de dessins qui critiquent l'actualité dans le but de provoquer ses lecteurs, de les faire réagir ou/et de les faire réfléchir. Ce journal se moque de tout et de tout le monde en faisant des caricatures d'hommes politiques, de personnalités connues, de Dieu, de Jésus ou encore du prophète Mahomet. Suite à ces dessins humoristiques, le journal a reçu de nombreuses menaces.

Le matin du 7 janvier 2015, les frères Kouachi entrent dans les locaux du journal et assassinent douze personnes (Frédéric Boisseau, Cabu, Charb, Honoré, Tignous, Wolinski, Elsa Cayat, Bernard Maris, Mustapha Ourrad, Franck Brinsolaro, Michel Renaud et Ahmed Merabet). Cet attentat sera revendiqué par Al-Quaïda et les frères seront tués deux jours plus tard par le GIGN au nord de Paris. Cet évènement entrainera des réactions nationales et internationales. Beaucoup de Français afficheront leur soutien au journal à travers la phrase « Je suis Charlie » et revendiqueront l'importance de la liberté d'expression. Hommes politiques et religieux condamneront cet acte.

Philippe Lançon, journaliste à *Charlie Hebdo*, était présent le jour de l'attentat. Gravement blessé par les deux terroristes islamistes, il a survécu au massacre et nous apporte dans son œuvre le témoignage de ce qu'il a vécu. *Le Lambeau* a reçu de nombreux prix, notamment le Prix Femina et le Prix « spécial » Renaudot 2018.

PHILIPPE LANÇON

UN AUTEUR ET JOURNALISTE FRANÇAIS CONTEMPORAIN

- **Né en 1963 à Vanves**
- **Quelques-uns de ses écrits en lien avec l'attentat :**
  - *La Peur* (2015), article dans *Charlie Hebdo* : https://charliehebdo.fr/2015/10/politique/la-peur/
  - *Come back (1)* et *Come back (2)* (2015), articles dans *Charlie Hebdo* : https://charliehebdo.fr/2015/12/politique/come-back-1/ https://charliehebdo.fr/2015/12/politique/come-back-2/
  - *Chroniques de l'homme d'avant* (2019), recueil de chroniques.

Philippe Lançon est un auteur, journaliste et critique littéraire français. Reporter dans sa jeunesse, il conserve le gout d'écrire sur l'actualité dans *Libération* et *Charlie Hebdo*. Il a également un lien étroit avec la culture, puisqu'il participe à l'émission littéraire *Le Masque et la Plume* pendant un temps et rédige des chroniques culturelles dans les journaux. Reconnu par ses pairs pour son style journalistique, il obtient le Prix Hennessy, qui récompense la qualité de ses articles littéraires, et le Prix Jean-Luc Lagardère du journaliste de l'année en 2013.

Le 7 janvier 2015, Philippe Lançon était dans les locaux de *Charlie Hebdo* pour assister à une réunion d'équipe quand l'attentat a eu lieu. Survivant mais défiguré, il devra subir de nombreuses interventions chirurgicales afin de pouvoir reparler et remanger. Son œuvre, éditée en 2018, raconte tous ces évènements et porte le nom : *Le Lambeau*. Le titre donne déjà le ton, puisqu'il fait écho aux opérations qui ont consisté à prendre le péroné de Philippe pour le greffer sur sa mâchoire dans le but d'en reconstituer l'os détruit pendant la fusillade.

RÉSUMÉ

Ce récit est donc autobiographique. C'est-à-dire que l'auteur, Philippe Lançon, est aussi le narrateur de l'histoire. Il nous raconte ce qu'il a vécu avant, pendant et après l'attentat du 7 janvier 2015.

Le début de notre ouvrage se concentre donc sur la vie que Philippe vivait avant l'attentat, puis l'auteur prend le temps de décrire ce qui s'est passé ce jour-là pour ensuite nous emmener avec lui dans la longue et lente reconstruction de sa personne, physiquement et psychiquement.

Son récit est donc ancré dans la réalité et il veut que ce soit une retranscription fidèle de ce qui s'est passé. Cette volonté s'aperçoit notamment dans la manière dont l'auteur parle des évènements, puisqu'il va prendre le temps de les décrire avec beaucoup de détails.

LE CALME AVANT LA TEMPÊTE

La vie de Philippe avant l'attentat est bercée d'insouciance. En effet, il ne se doute de rien et surtout il n'imagine pas ce qui va lui arriver. Autrement dit, notre auteur ne se sentait absolument pas en danger avant l'évènement : rien ne pouvait présager ce qui allait se passer.

Philippe a été la veille au soir au théâtre voir *La Nuit des rois* de Shakespeare avec une amie nommée Nina qu'il connait depuis deux ans et qui avait à cœur de lui présenter le metteur en scène, un ami à elle. À cette époque, Philippe avait prévu de partir à Princeton pour enseigner la littérature et il en parlait avec Nina et le metteur en scène autour d'un verre et d'une planche de charcuterie. Nous savons également que juste avant d'aller à la réunion de *Charlie*, Philippe a fait du sport tout en écoutant une émission dans laquelle Houellebecq intervenait sur France Inter, chose qui a évoqué à l'auteur le fait que le weekend d'avant, il avait rédigé une critique du nouveau livre de Houellebecq, *Soumission*, pour *Libération* et que le weekend suivant, il devrait interviewer l'auteur. Autrement dit, rien d'autre qu'un quotidien commun n'inquiétait notre auteur avant l'évènement.

Cette insouciance n'est pas spécifique à l'auteur, puisque pendant la réunion de *Charlie Hebdo*, l'ensemble des personnes présentes ce jour-là ne soupçonnait pas du tout le fait qu'un évènement d'une telle ampleur allait se produire et qu'ils en seraient les acteurs. En effet, cette conférence était identique à celle qu'ils avaient déjà vécue : ils parlaient ensemble et dissertaient autour de sujets divers et variés dans un local parisien qu'ils connaissaient bien. Lançon était exaspéré par le fait que des personnes qui n'avaient pas lu le livre de Houellebecq puissent y porter un jugement. Bernard Maris défendait également l'auteur. Rien d'inhabituel n'agitait les individus et, au contraire, les habitudes étaient bien au rendez-vous, puisque comme lors de chaque conférence de *Charlie*, Wolinski dessinait, Cabu avait distribué des gâteaux et Tignous avait ramené de la brioche. Tous avaient leurs habitudes et le matin du 7 janvier ne dérogeait pas à la règle. Par ailleurs, la réunion s'est finie sans encombre et l'atmosphère était des plus détendue puisque Philippe a pris le temps de discuter avec Cabu et de chercher une image dans le livre de jazz *Blue Note*. La seule petite touche d'insécurité était la présence du garde du corps armé de Charb à la réunion : Franck. Cependant, sa présence était si habituelle qu'elle n'était plus une source de tension pour personne.

La vie que mène Philippe Lançon avant l'attentat renforce l'insouciance dans laquelle l'auteur était et, de ce fait, démultiplie la soudaineté et la brutalité de ce qui va arriver. Tout comme le fait que la conférence de *Charlie Hebdo* se passe comme à son habitude : personne n'aurait pu le prévoir, ni ne s'y attendait, la vie suivait son cours et pourtant, l'impensable est arrivé.

LA TEMPÊTE

L'évènement en lui-même est décrit avec beaucoup de précisions : l'arrivée des tueurs et le déroulé de chaque évènement ainsi que les agissements de chacun, l'état de la salle après l'attentat avec à chacune de ces étapes les émotions et les préoccupations de l'auteur.

La tranquillité du quotidien est bousculée à partir du moment où Philippe entend un « bruit sec » (p. 74). L'auteur n'arrive pas à identifier ce qui est à l'origine de ce bruit. Puis les premiers cris lui parviennent, mais le narrateur pense à une farce. Autrement dit, la situation était tellement calme et ce qui arrive est tellement impensable que Philippe n'arrive pas à faire le lien entre ce qui est et ce qu'il pense. Aussi, même lorsqu'il verra de ses propres yeux les deux tueurs cagoulés, il ne comprendra pas réellement ce qu'il se passe ni qui sont ces individus. Les évènements sont trop rapides pour que le cerveau suive : après l'acte manqué de Franck qui tente de dégainer, mais trop lentement, Philippe s'effondre au sol sans ressentir de douleur. Il ferme les yeux pour que les tueurs le croient mort et n'entend plus que des détonations suivies « [d']Allah Akbar ! » (p. 75) ainsi que la respiration des terroristes. Lorsqu'il se risque à ouvrir parfois les yeux, il ne voit plus que les deux jambes noires d'un des tueurs. Puis, au bout d'un moment, le silence arrive et perdure.

Aussi avons-nous accès à quasiment tout ce qui s'est passé ce jour-là et sans qu'il n'y ait aucun filtre sur les descriptions. Philippe nous explique donc, par exemple, qu'à la suite de la fusillade, sa tête baignait dans le sang tandis que ses yeux restaient fixés sur le crâne ouvert et la cervelle de Bernard. De même, ses préoccupations étaient très terre à terre, révélant l'état de choc de l'auteur qui tentait, en vain, de reprendre le contrôle sur sa vie d'une manière ou d'une autre (il voulait son portable, sa carte vitale, sa carte d'identité, son sac, ne voulait pas que les secours découpent son manteau, etc.).

L'ensemble de ces descriptions nous font vivre et comprendre l'horreur qu'ont pu ressentir toutes les personnes présentes ce 7 janvier 2015 dans les locaux de *Charlie Hebdo* ainsi que la violence de cet acte. Cet évènement, bien que rapide et durant peu de temps à l'échelle d'une vie, aura des répercussions immenses sur l'existence de Philippe.

APRÈS LA PLUIE, LE BEAU TEMPS ?

À la suite de l'attentat, l'ensemble du recueil se concentre sur la reconstruction physique et psychique de Philippe Lançon.

Aussi, l'état physique de l'auteur, à la suite de l'attentat, est également extrêmement bien décrit.

Philippe découvre son visage défiguré dans le cinquième chapitre. Ce n'est pas la douleur qui lui fait prendre conscience qu'il est blessé, mais le fait qu'il voit son reflet dans son portable à la suite de l'attentat. Nous avons une image détaillée de la manière dont il est mutilé : il n'a plus de menton et a perdu une partie de la lèvre inférieure, laissant apparaitre aux yeux de tous sa gencive et sa denture. Il sera alors emmené à l'hôpital de la Salpêtrière, où il vivra pendant un temps, sa vie étant à présent rythmée par les opérations chirurgicales. Philippe Lançon ne nous épargne pas non plus les détails concernant les nombreuses opérations chirurgicales qu'il a subies et les conséquences de celles-ci : il nous explique, par exemple, le fait que son péroné soit enlevé puis greffé à la place de sa mâchoire, ce qui impliquera que des poils vont pousser à l'intérieur de sa bouche.

En somme, et comme l'explique parfaitement cette phrase, l'auteur se retrouve être un « blessé de guerre dans un pays en paix » (p. 109) et il tient à nous montrer que ce n'est pas parce que l'évènement est terminé que c'est fini : les conséquences sont là et il les subit au quotidien. S'il peut parler et se nourrir à nouveau, rien ne sera plus comme avant et malgré toutes ces opérations esthétiques il ne retrouvera jamais le visage qu'il avait. La suite de son parcours retrace celle des grands mutilés de guerre, puisque lorsqu'il sera jugé assez autonome par le personnel soignant, il sera transféré à l'hôtel des Invalides.

De même, sur le plan psychique, l'auteur montre que cet évènement l'a changé à jamais et qu'il ne pourra plus être le Philippe Lançon d'avant. Il est un « revenant » (p. 27) qui s'identifie plus, au départ, aux morts qu'aux vivants, puis il appartient à un monde à part : celui des patients. Il endosse ainsi plus aisément son pseudonyme donné pour les Invalides, « Monsieur Tarbes », que son nom d'origine. En somme, tout ce qu'il vit à la suite de l'attentat est vu comme si c'était nouveau pour lui : tout est une première fois. L'attentat a fait de lui un autre homme, tant et si bien qu'il a parfois du mal à faire le lien entre ce qu'il était avant et ce qu'il est à présent. Il existe donc un avant et un après l'attentat et en aucun cas un retour à la normale ne sera possible pour lui.

L'attentat a bouleversé toute l'existence de Philippe Lançon et à coup de détails et de précisions, l'auteur nous le fait bien sentir et comprendre. Par ailleurs, la fin du recueil ne rime pas avec la fin des souffrances pour l'auteur, puisque s'il est parvenu à rentrer chez lui, il lui reste un bon nombre d'opérations à subir et si sa situation s'est améliorée, il restera malgré tout un « mutilé » (p. 504).

ÉTUDE DES PERSONNAGES

PHILIPPE LANÇON

En étant l'auteur et le narrateur de l'histoire, Philippe s'autodécrit sous trois angles différents. Il se présente à la fois comme un journaliste, comme un homme, mais aussi comme un patient.

En tant que journaliste, Philippe nous raconte qu'il a débuté en tant que reporter et qu'à l'époque il n'imaginait pas qu'il était possible de mourir en faisant un reportage, il se décrivait comme étant « naïf, optimiste [...] presque innocent » (p. 39). Avant l'attentat, son travail faisait partie de sa vie. Aussi, par exemple, lorsqu'il est allé au théâtre la veille, le journaliste est revenu au galop et sans y être obligé, il a pris des notes pour un futur article. Sa vie était rythmée en fonction de son métier. Par ailleurs, l'attentat est marqué par la profession de l'auteur, puisqu'il a eu lieu dans les locaux de *Charlie Hebdo*. Lançon était présent en tant que journaliste et participait à la réunion en tant que tel. Cependant et malgré l'évènement, le journaliste n'est jamais mort. L'auteur reprend rapidement la plume, tant et si bien que sept jours après l'attentat, il écrit déjà un article pour *Libération*. Par ailleurs, le fait d'être victime des attentats à cause de son métier lui vaut d'entrer en relation avec de nouvelles personnes. Il est constamment sous protection policière et le président de la République de l'époque, François Hollande, lui rend visite à l'hôpital. Il devient une personnalité publique.

En tant qu'homme, Philippe nous donne très peu de description physique et psychologique de sa personne. S'il est de gauche, nous savons qu'il vient d'une famille de droite et de classe moyenne, qu'il a un petit frère (Arnaud), qu'il a été marié à Marilyn, une Cubaine, de qui il a divorcé à cause de problèmes de fécondité et qu'il est à présent avec Gabriela, une danseuse chilienne qui habite à New York. Il a l'air d'avoir beaucoup voyagé pour des raisons professionnelles et personnelles et d'avoir une vie sociale bien remplie (vu le nombre de visites qu'il reçoit à l'hôpital). L'auteur nous donne très peu de détails sur le physique de l'homme qu'il était avant l'attentat. Sur l'une des photographies apportées par Marilyn, il prend brièvement le temps de se décrire, se présentant comme un homme « souriant et bronzé, à la fois rond et mince [...] finalement vierge » (p. 312). Une description aussi vague que ses souvenirs, qui le fuient. Cette personne n'est plus lui et le patient a remplacé l'homme : « Il n'y avait pas assez de place dans cette chambre pour celui que j'étais et celui que j'avais été » (p. 308).

L'essentiel du récit se consacre, donc, à la vie de Philippe Lançon en tant que patient. Aussi, en comparaison avec l'homme qu'il était avant physiquement, les détails ne manquent pas sur le patient qu'il est devenu. Nous assistons avec lui à la découverte de son visage défiguré à la page 93, puis à la greffe de son péroné sur sa mâchoire et, entre autres, aux rejets de certaines des opérations chirurgicales effectuées. De même, l'auteur ne nous épargne pas les conséquences de ses blessures : au départ, il ne peut ni parler, ni boire, ni manger, il bave sans cesse, tout comme il lui arrive d'avoir des difficultés respiratoires. Le patient ne se substitue pas temporairement à l'homme qu'il était, il le remplace et le transforme. L'épisode le plus significatif de cette métamorphose est le moment où l'auteur, en entrant aux Invalides, se fait appeler « Monsieur Tarbes ». Ce changement de prénom est le reflet d'un changement d'identité. Il se décrit, alors, comme un homme maigre qui ne peut pas sourire, qui a des difficultés pour manger, qui est devenu moins bavard, plus lent, attentif, bienveillant et âgé. Ses préoccupations aussi ont changé. Ainsi, si l'homme d'avant avait comme projet d'aller enseigner à Princeton, de rejoindre Gabriela et de faire un entretien avec Houellebecq, ses objectifs en tant que patient sont, à côté, très pragmatiques. Son emploi du temps est rythmé par les différentes opérations et son objectif de vie est de se rétablir au mieux. Ses fréquentations évoluent en ce sens et il refuse, par exemple, de voir son amie d'enfance, Toinette, qui a un pathos trop grand pour être supportable. En somme, il choisit de s'entourer de ceux qui l'aident à être plus fort. Si Philippe Lançon avait une vie avant l'attentat, ce n'est pas le cas de Monsieur Tarbes qui est né aux Invalides et qui n'a pas connu autre chose que ce qu'il est à présent. La fin du récit ne rime pas avec la fin des ennuis pour l'auteur. Aussi, au moment où il écrit le livre, il est encore un patient.

Le fait que l'homme ait laissé la place au patient victime de l'attentat montre les conséquences irréversibles qu'a eues cet évènement sur sa vie. L'auteur fait, donc, moins une autobiographie de Philippe Lançon que du patient qu'il est devenu. Néanmoins et malgré le fait qu'il ait été victime de l'attentat en raison de son métier, force est de constater qu'il conserve son identité sur ce point : les terroristes n'ont pas réussi à tuer le journaliste qu'il était et même si c'était ce dernier qui était visé par cet acte barbare, il a survécu.

NINA

Pour Philippe, la relation qu'il entretient avec Nina est très forte, car pleine de sens. En effet, pour l'auteur, cette amie évoque beaucoup de choses puisqu'elle est la dernière personne qu'il verra avant l'attentat (à l'exception de ses collègues de *Charlie Hebdo*). Elle symbolise sa vie d'avant : celle où il était insouciant de l'horreur dont il sera victime. Aussi, que ce soit psychiquement ou physiquement, Nina est décrite comme une femme rassurante et bienveillante (sa peau est douce, ses yeux sont brillants et amusés, elle est si gentille qu'elle est livrée aux caprices des autres, elle est généreuse et n'hésite pas à faire en sorte que ses ami.es se rencontrent, etc.). Le fait que Nina soit juive le conforte dans l'idée qu'elle est l'une des personnes qui symbolisent que nous ne sommes jamais certains d'échapper au désastre. Nina est donc l'amie qui évoque une rupture dans sa vie. Une rupture entre un avant et un après. Par ailleurs, le narrateur se rend compte qu'elle ressemble beaucoup à son ex-femme, Marylin. Les ressemblances sont telles qu'aussitôt rencontrées, les deux femmes deviennent immédiatement amies. Cette prise de conscience, par ailleurs, lui dévoile la raison pour laquelle il s'est senti attiré par elle lors de leur première rencontre. Là encore, Nina lui évoque la vie confortable qu'il menait avec Marilyn par le passé.

Aussi, l'auteur ne nous parle d'elle qu'au début de l'œuvre et même si elle est présente par la suite, il décide de nous la décrire en fonction de ce qu'elle représente pour lui. Elle est l'amie qui lui rappelle son passé sur bien des points et elle symbolise l'avant : avant son divorce, avant l'attentat. D'ailleurs, le fait qu'elle ait une excellente mémoire lui permet de rappeler à Philippe ce qu'il s'est exactement passé la veille de l'attentat lorsqu'ils se sont retrouvés pour aller au théâtre : elle lui rappelle ce qu'il était avant (ses désirs, ses objectifs, ses habits et même ses faits et gestes). Nina est le souvenir et la mémoire.

CHLOÉ

À l'inverse de Nina, Chloé symbolise la nouvelle vie de Philippe. Leur première rencontre se fait au bloc opératoire, après l'attentat. Chirurgienne de métier, Chloé a connu le corps de Philippe avant d'en connaitre l'esprit : l'auteur décrit leur relation comme intimement vitale mais n'existant pas. Elle est la personne à qui Philippe doit d'être encore en vie et est aussi celle qui lui permet de croire en une amélioration de sa condition. En exerçant son métier, elle lui redonne un visage, lui permet de parler, de manger et de boire à nouveau. La relation que Philippe entretient avec elle est très forte, puisqu'elle est la personne qui lui permet d'avancer, sans lui mentir (puisqu'elle ne lui dit jamais les choses qu'il a envie d'entendre comme lorsqu'elle lui annonce que le passé n'existe plus : il ne retrouvera jamais son visage d'avant), sans le plaindre (elle répond avec pragmatisme aux plaintes de Philippe, lui signifiant que le plus important n'est pas l'esthétisme, mais le côté pratique) et elle le force à aller de l'avant (puisqu'elle fait en sorte de couper les ponts avec lui lorsqu'il sera trop attaché à elle afin qu'il sorte de l'état de patient dans lequel l'auteur a eu tendance à se complaire). La manière dont Philippe décrit physiquement Chloé est significative de ce qu'elle représente pour lui. Par exemple, il la voit plus grande que ce qu'elle est réellement, confirmant dans cette impression l'admiration qu'il a pour elle. De même, il trouve qu'elle respire la santé sans savoir si c'est vraiment le cas, ce qui ajoute au tableau une impression de bienêtre et donc de réconfort. En somme, Chloé apparait comme une femme forte et respectable que rien ne peut briser et à laquelle Philippe n'hésite pas à se raccrocher pour survivre. Il s'imprègne de son aura pour aller de l'avant. Elle apparait même comme surhumaine dans l'esprit de Philippe qui a du mal à concevoir le fait qu'elle puisse prendre du temps pour manger et boire. Avec elle, il ne peut pas être Pangloss qui se berce d'illusions et jamais Chloé ne sera Emma Bovary : son réalisme est autant salvateur pour les autres et pour elle qu'il peut être blessant. Néanmoins, la réalité est ce qu'elle est et Chloé refuse de la regretter, de la transformer ou de l'atténuer.

CLÉS DE LECTURE

L'APPARTENANCE À UN MONDE À PART

Philippe Lançon, dans son récit, nous entraine dans un monde à part, différent du nôtre. Notre entrée dans ce nouveau monde se fait en même temps que l'auteur et comme dans beaucoup de fictions littéraires, elle débute par un réveil. Ce topos littéraire, c'est-à-dire ce lieu commun que nous pouvons souvent retrouver dans la littérature, est notamment présent dans des œuvres classiques comme dans *La Vie est un songe* de Pedro Calderon de la Barca. Ce dramaturge espagnol du XVIIe siècle utilisait déjà le sommeil et le réveil pour faire passer ses protagonistes d'un état à un autre. Le personnage de Sigismond, par exemple, devient Roi le temps d'une journée lorsqu'il se réveille dans la chambre royale. Aussi, le réveil de Philippe Lançon est caractéristique, parce qu'il signe une rupture entre le monde d'avant et le monde d'après. Tout comme il achève de séparer le Philippe d'avant du Philippe d'après, cette rupture et ce décalage trouvant ses raisons dans l'attentat et le réveil étant l'ouverture de la conscience et de la raison sur ce qui est à présent la nouvelle réalité de l'auteur.

Le réveil est donc le passage de l'inconscience à la conscience. Ce concept était déjà utilisé, par ailleurs, par d'autres écrivains, tel que, par exemple, le célèbre dramaturge Shakespeare dans *La Tempête* au XVIIe siècle. À la suite d'une tempête, les personnages shakespeariens reprennent conscience sur une ile qui est régie par de nouvelles lois autant sociales (puisque le roi n'est plus roi en ce nouveau monde) que physiques (puisque la magie existe). En somme, le réveil est le moment où nous prenons conscience du monde dans lequel nous sommes et le fait qu'il est soumis à de nouvelles règles et exigences. Dans notre chapitre, Philippe se réveille une première fois, mais nous comprenons très vite que ce réveil n'est qu'un rêve : il est dans sa vie d'avant, avec ses préoccupations d'avant, jusqu'à ce que ce quotidien se métamorphose en cauchemar et que tout ce qui l'entoure prenne forme avec les « jambes noires » de son tueur. C'est en comprenant qu'il y a un caractère illogique dans ce qu'il vit qu'il se réveille pour de bon et qu'il découvre où il est et dans quel état. Et « pour la première fois [il sent qu'il lui est] arrivé quelque chose de grave » (p. 115). Aussi, son réveil lui apprend qu'il est réellement devenu ce « monstre » qu'il avait aperçu dans son téléphone portable juste après l'attentat. Comme Gregor Samsa qui se réveille et qui se rend compte qu'il est devenu un énorme cafard dans *La Métamorphose* écrite par l'auteur austro-hongrois du XXe siècle : Franz Kafka. Auteur qui, par ailleurs, accompagne Philippe Lançon dans sa nouvelle vie de patient à l'hôpital.

Si Philippe est devenu une nouvelle personne à cause de l'attentat, il est aussi dans un nouveau monde qui est régi par d'autres règles : celui de l'hôpital. Dans cet univers, il découvre de nouvelles formes de douleurs qu'il ne connaissait pas jusqu'alors. Pour décrire ce qu'il vit et ce qu'il ressent, Philippe est obligé d'inventer de nouveaux mots et pour ce faire, il se basera sur le même principe de la novlangue de Big Brother dans *1984*, le roman dystopique de l'auteur britannique du xxᵉ siècle : George Orwell. Dans le chapitre « Grammaire de chambre », Philippe explique à quel point un gouffre sépare le monde du dehors de celui des hôpitaux, ce monde d'avant lui semblant, à présent, « improbable » (p. 139). Ce sentiment perdure également lorsqu'il va aux Invalides. En effet, dans le dernier chapitre, il voit le fossé qui sépare la rue de l'établissement dans lequel il se trouve et il qualifie les gens de l'extérieur comme « ceux d'en face ». Il les observe et en déduit que ces individus ont une forme de vie et une manière d'agir qu'il ne comprend plus vraiment. Dans ce nouveau monde, les chirurgiens sont vus comme des dieux à qui les patients doivent tout : leur vie et l'efficacité de leur rétablisse-ment. C'est notamment ce que montre le chapitre 11 qui se concentre sur la chirurgienne de Philippe, Chloé. Il la qualifie de « fée imparfaite » et la remercie de lui avoir offert une seconde vie. De même, dans ce monde, l'es-thétique n'a plus lieu d'être, l'objectif est la praticité et à plusieurs reprises, on lui somme de ne pas se plaindre, l'objectif pragmatique étant atteint : il peut remanger, alors peu importe qu'esthétiquement, ça soit beau ou non, vu que le résultat est là. Les chirurgiens ne sont pas les seuls à bénéficier d'un traitement de faveur, puisque la parole de l'ensemble du personnel soignant (rééduca-teurs y compris) est gage de vérité et a son importance. De même, le patient est un être interdépendant de ceux qui l'entourent, ce qui transforme également son rapport au monde et aux autres. Philippe Lançon est, par ailleurs, guidé dans cet autre monde grâce à l'auteur germanique du XXe siècle, Thomas Mann. Il verra *La Montagne Magique* comme un mode d'emploi permettant d'évoluer dans l'univers hospitalier.

En somme, ce monde le voit renaitre en quelqu'un de nouveau et tout ce qu'il fait est interprété comme étant une première fois. Tant et si bien qu'il éprouve beaucoup de difficultés lorsqu'il doit quitter ce monde et les habitudes qui lui sont liés, comme il l'évoque précisément sous cette formulation et dans l'intitulé du chapitre 19 : « Le mal du patient ».

L'ABSURDITÉ DE LA RÉALITÉ

Si Philippe Lançon intègre un nouveau monde qu'il tente de comprendre, c'est en partie parce que la réalité est devenue complètement absurde à partir du moment où l'attentat a lieu. L'évènement était si soudain et brutal que la conscience et la raison se sont fait dépasser par la réalité.

Aussi, Philippe Lançon nous explique-t-il qu'il n'a pas été capable de saisir ce qui se passait sur le moment. Ce n'est qu'après coup qu'il réussit à conscientiser et à mettre les mots sur ce qu'il a réellement vécu. En effet, au départ, il n'arrive pas à comprendre qui sont les tueurs ni combien ils sont. De même, il se rend compte qu'il est défiguré seulement à partir du moment où il aperçoit son reflet sur l'écran de son portable, ce qui ne lui donne pas pour autant conscience de la douleur engendrée par sa blessure. En somme, tout est trop rapide, imprévu et impensable : « c'était ce que nous n'avions pas imaginé, nous les professionnels de l'imagination agressive, parce que ça n'était tout simplement pas imaginable » (p. 82). Ce que vit Philippe est tellement barbare que ça dépasse l'imagination et l'entendement. La réalité n'est plus compréhensible et le réel n'est plus audible.

Aussi l'auteur bascule-t-il dans la fiction pour tenter de saisir, grâce à sa banque de données imaginaires, ce qui lui est arrivé. La salle de conférence remplie de mort est, par exemple, comparée à un décor de cinéma préparé pour un plan fixe dont le scénario n'est pas bien défini tandis que les tueurs, eux, paraissent sortir d'une bande dessinée minable. De plus, lorsqu'il tombe à terre, il a le sentiment d'être un acteur qui fait une répétition et l'ensemble des évènements lui donnent l'impression d'être prisonnier dans un dessin, voire une caricature, sans savoir qui est le dessinateur de ce qu'il vit. De la même manière, lorsque Franck, le garde du corps de Charb, tente de dégainer son arme, Philippe voit cet évènement au ralenti, le trouvant bien trop lent, et il lui hurle mentalement de se dépêcher, à l'instar d'un spectateur de cinéma qui somme les protagonistes du film de réagir plus vite face à la mort qui arrive. Le réel étant devenu absurde, la frontière entre la réalité et la fiction est poreuse. Autrement dit, ce qu'a vécu Philippe est si improbable et si inimaginable que c'est digne d'appartenir au domaine de la fiction. Cet évènement, dans lequel on les a contraints de rentrer contre leur gré, est, par ailleurs, si grotesque qu'il n'est même pas digne d'appartenir à une bonne fiction.

Néanmoins, l'auteur, en nous décrivant ce qu'il a vécu comme étant fictif, montre à quel point cet évènement grotesque est normalement inconcevable dans la réalité. Ceci étant, en tant que lecteur, nous avons du mal à admettre que ce qui nous est raconté est réellement arrivé. La fiction est employée ici par l'auteur comme un outil qui sert à mieux rendre compte de la réalité historique. En effet, y avoir recours n'a pas pour vocation d'éclipser les faits humains, mais bien au contraire de les renforcer. Ainsi, ce ne sont pas les évènements fictifs qui occupent le devant de la scène, mais bel et bien les faits réels. Autrement dit, parce que nous avons du mal en tant que lecteur à concevoir que cet évènement grotesque ait eu lieu, le fait qu'il soit effectivement réel renforce l'absurdité de ce qu'il s'est passé et appuie sur le fait qu'il n'aurait jamais dû exister. Cette mauvaise fiction n'aurait, donc, jamais dû franchir la barrière de la réalité. Autrement dit, elle n'aurait jamais dû sortir de l'imaginaire et de ce qu'elle était à la base : une mauvaise fiction. Le fait qu'elle l'ait fait et qu'elle ait eu autant de conséquences nous rend incrédules, nous indigne et nous révolte.

Aussi, le rapport à la fiction a une place essentielle dans *Le Lambeau*. En effet, l'auteur recourt sans cesse à l'intertextualité. C'est-à-dire qu'il fait de nombreuses références à des œuvres littéraires ou culturelles afin d'expliquer ce qu'il vit, parce qu'elles l'aident à affronter les divers évènements qui se présentent à lui ou parce qu'elles donnent lieu à des sujets de conversation avec les autres.

Aussi, l'une des œuvres qui accompagneront l'ensemble du roman est le livre *Soumission* de Michel Houellebecq. Cet ouvrage est un roman d'anticipation politique qui est sorti le même jour que l'attentat de *Charlie Hebdo*. Dans celui-ci, l'auteur français et contemporain, Houellebecq, présente une France qui aurait élu un parti musulman pour lutter contre le Front National. Par conséquent, le pays se convertirait petit à petit à l'islam. Néanmoins, l'auteur nous dresse un portrait extrêmement radical de cette religion et montre, de ce fait, les changements que ça impliquerait en France : la polygamie y serait autorisée, il faudrait être musulman pour enseigner, les femmes ne devraient plus travailler, etc. En somme, cette fiction véhicule une certaine vision de la religion musulmane et cette image est plutôt anxiogène. Alors que *Charlie Hebdo* avait comme valeurs l'opposé de tout ce que prônait Houellebecq, il a été attaqué ce 7 janvier 2015. Il était un hebdomadaire qui s'amusait à dire n'importe quoi, sans se prendre au sérieux. Aussi, l'absurdité de l'évènement est révélée lorsque nous comprenons que des hommes ont pris au sérieux de la fiction et de l'humour, qui se voulaient être tout sauf réaliste, ce qui les a conduits à tuer et à rendre réel la fiction de Houellebecq. Leur acte donnera de la légitimité à ce que pense Houellebecq et fera de *Soumission* une sorte de livre prémonitoire. Par leurs actes pour lutter contre de la fiction, les terroristes ont donné d'autant plus de pouvoir et de poids à celle-ci.

LE RÔLE DU TÉMOIGNAGE : L'HISTOIRE DANS L'HISTOIRE

Philippe nous précise donc que « le tueur a blessé l'homme mais [qu'il] a raté le témoin » (p. 126).

En somme, parce qu'il n'est pas mort, le narrateur peut nous partager ce qu'il a vécu. Le témoignage prend donc la même forme que la fiction, mais elle est, cette fois-ci, bien réelle et ne le cache pas. Le fait d'écrire à ce sujet est une autre manière de présenter ce qu'il s'est passé et de donner une voix à la subjectivité. En effet, l'actualité tout comme l'Histoire nous rapportent des faits. Ces faits se veulent être le plus objectifs possible, c'est-à-dire qu'ils ne laissent que très peu de place à l'individu en tant que tel. Or, le témoignage replace l'humain et sa subjectivité au centre du processus qui consiste à rapporter une réalité et montre de ce fait qu'il existe un caractère in-compréhensible à certains gestes individuels.

En choisissant de témoigner, Philippe Lançon redonne une voix à la subjectivité dans l'Histoire qui traite de faits humains. Aussi, si la réalité objective est utile pour comprendre la réalité historique, elle n'est pas suffisante pour l'appréhender entièrement. Ainsi, l'auteur montre que les faits humains sont propres à chacun et trop imprévisibles pour que l'on puisse expliquer l'Histoire dans son ensemble. Le témoignage permet donc d'aller au-delà de la démonstration, puisqu'il relève également de l'émotion.

L'auteur rejoint cette idée plusieurs fois dans son récit et notamment à la page 187 où il affirme qu'il se refuse à regarder l'actualité parce qu'il aurait « l'impression de dévaluer ce [qu'il a] vécu ». De même, il explique que lorsque des individus deviennent acteurs de l'His-toire : « L'actualité [est] pour les autres ». En somme, ce que les victimes ont vécu ne sera jamais totalement explicable parce qu'appartenant à l'absurde et à des faits humains. Aussi, vouloir expliquer l'inexplicable relèverait de « l'orgueil intellectuel [et serait] de l'abstraction précoce » (p. 350).

La question de la réalité historique pose donc nécessairement la question des faits humains. Dès lors, nous devons nous interroger sur notre capacité à comprendre les faits humains et donc l'Histoire. Se pose alors la question du déterminisme dans l'existence. En effet, s'il s'applique, il garantit la possibilité de comprendre les faits humains, puisqu'il suppose que tout dans la nature est l'effet d'une cause antérieure. Cependant, ce principe est contradictoire avec la liberté humaine, qui suppose que nous sommes la cause première de nos actions et que nous ne sommes, donc, l'effet d'aucune cause. Que ce soit dans le monde réel ou dans celui de l'œuvre, les faits n'ont de sens que parce qu'ils ont été faits librement. Donc le seul intérêt de ces faits est qu'ils relèvent de la liberté des Hommes. On distingue deux types de connaissances. La première vise une explication du réel, c'est-à-dire qu'elle recherche la cause et à rendre compte d'un type de fonctionnement déterminé, donc à répondre à la question « comment ? ». En ce sens, l'actualité et les faits historiques sont utiles et apportent une réponse à cette interrogation. Néanmoins, la seconde question vise à comprendre et non à expliquer, c'est-à-dire à chercher et à éclaircir le sens d'un fait, tout en reconnaissant que nous ne pouvons pas en connaitre les causes. Les faits humains résistent donc aux tentatives de simplification et perturbent l'appréhension des faits historiques, car ils ne peuvent pas être compris par la raison. Le témoignage donne donc une vérité de ce qui a existé sans chercher à l'expliquer. Elle vise à faire comprendre l'évènement.

PISTES DE RÉFLEXION

QUELQUES QUESTIONS POUR APPROFONDIR SA RÉFLEXION…

Pouvez-vous expliquer la différence entre une autobiographie et un témoignage ? Quels éléments de l'une et/ou de l'autre retrouve-t-on dans ce récit ?

- Relevez tout ce qui est de l'ordre de l'intertextualité. Qu'est-ce que chacune de ces références apporte au récit ?

- Quel est le rôle des différentes œuvres que Philippe Lançon cite dans son livre ?

- Pourquoi Arnaud donne-t-il comme pseudonyme pour Philippe « Monsieur Tarbes » ?

- Plusieurs fois, l'auteur donne son point de vue sur tout ce qui est moralisateur. Pouvez-vous expliquer ce qu'il pense de la morale ? Justifiez vos réponses grâce au texte.

UN LIVRE ANCRÉ DANS UNE ÉPOQUE

- Décrivez *Charlie Hebdo* en fonction du point de vue de l'auteur. Êtes-vous d'accord avec la manière dont Philippe décrit cet hebdomadaire ? Justifiez.

- Dans cet ouvrage, l'auteur parle aussi d'autres attentats. Pouvez-vous relever les passages concernés et expliquer l'impact qu'ils ont sur le narrateur ?

- Mario Vargas Llosa, auteur péruvien contemporain ayant obtenu le Prix Nobel de littérature, a écrit à propos du *Lambeau* : « Il y a longtemps qu'un livre ne m'avait pas autant attristé, ému et rendu heureux ». Êtes-vous d'accord avec lui ? Et à votre avis, comment un récit qui traite d'un sujet aussi horrible que les attentats peut-il rendre le lecteur heureux ?

- Pensez-vous que les générations futures pourront mieux comprendre cette période grâce à ce livre ? Justifiez.

POUR ALLER PLUS LOIN

ÉDITION DE RÉFÉRENCE

- LANÇON Ph., *Le Lambeau*, Paris, Gallimard, coll. « Folio », 2021.

ÉTUDES DE RÉFÉRENCE

- CALDERON P., *La Vie est un songe*, Paris, Fayard, coll. « Le Livre de Poche – Classiques », 1996.

- HOUELLEBECQ M., *Soumission*, Paris, J'ai Lu, 2017.

- KAFKA F., *La Métamorphose*, Paris, Gallimard, coll. « Folio Classique », 2000.

- MANN Th., *La Montagne Magique*, Paris, Fayard, coll. « Le Livre de Poche », 2019.

- SHAKESPEARE W., *La Tempête*, Paris, Fayard, coll. « Le Livre de Poche — Le Théâtre de Poche », 2011.

D'AUTRES RÉCITS SUR L'ATTENTAT DE *CHARLIE HEBDO*

- MEURISSE C., *La Légèreté*, Paris, Dargaux, 2016.

- RISS, *Une Minute quarante-neuf secondes*, Paris, Actes Sud, coll. « Babelio », 2011.

lePetitLittéraire.fr

- un résumé complet de l'intrigue ;
- une étude des personnages principaux ;
- une analyse des thématiques principales ;
- une dizaine de pistes de réflexion.

Retrouvez
notre offre complète sur
lePetitLittéraire.fr

www.lepetitlitteraire.fr

ISBN version numérique : 9782808024495
ISBN version papier : 9782808024501
Dépôt légal : D/2021/12603/64

Conception numérique : Primento,
le partenaire numérique des éditeurs.